AF316410

LE CARDINAL TASCHE D'ENTRER EN PARADIS,

TRAGI-COMEDIE.

Acte premier.

Monsieur de Marillac.

Imprimé à Enuers.

LES ACTEVRs.

Le Cardinal respond à tous.

PREMIER,

Monsieur de Marillac.
Monsieur de Mommorancy.
Monsieur le Comte.
La Reyne Mere.
Monsieur le Grand.
Monsieur de Thou.

La descente du Cardinal aux Enfers.

Charon maine le Cardinal à Pluton, & parle
premier à Cornuel : Cornuel l'enuoye au
Pere I. le Pere I. le renuoye au premier
President : le premier President remet tout
pardeuant l'Intendant des Finances.

Monsieur de Marillac.

TE voila Cardinal, que dy-t'on dans le monde?
  Que cherche tu icy ton ame est vagabonde :
Ne veux-tu pas entrer dedans le Richelieu ;
Ne veux-tu point aussi regner auec Dieu :
Va-t'en dedans l'abisme establir ton Empire,
Le Roy de ces bas-lieux, qui fait que tu aspire.
Que tous ces Courtisans qui sont auecque luy ;
Esmeu de ton mal heur touché de ton ennuy,
Partagera peut estre auec toy sa Couronne,
Tu m'as trahy cruel, aussi ie t'abandonne.

Le Cardinal.

          Helas ! ce n'est pas moy,
Vous sçauez que c'estoit la volonté du Roy.

Monsieur de Marillac.

Qui m'a fait mon procés, des gens à vostre poste ;
Qui m'a fait tant trotter & tant courir la poste :
Pourquoy m'a t'on mené par tout les Parlemens,
C'est qu'on estoit certain de mes déportemens ;
C est que les Magistrats voyant mon innocence,
N'osoient me condamner :

Le Cardinal.

          Pardonnés cette offence,
Qui vous a fait monter auec les bien heureux ,
D'où vous me reiettez.

Monsieur de Marillac.

          Ministre mal heureux,
Anois-tu ce dessein m'ennoyant à la Greue,
Retire-toy d'icy.

A ij

Encore vn peut de tresue:

Monsieur de Marillac.

Tu n'en merite pas excrement des enfers,
Tu en eſtois ſorty, retourne dans leurs fers,
Vas y donc pour ſouffrir des tourmens & des geſnes,
Et pour te voir ployé ſoubs de peſantes chaiſnes.

Le Cardinal & Monſieur de Mommorancy.

Monſieur de Mommorancy.

Monſtre de la nature, horreur de l'vniuers,
Dont le corps infecté ſert de paſture aux vers,
Miniſtre de Pluton, tytan abominable,
Ne crois-tu pas qu'il ſoit tres iuſte & raiſonnable,
De receuoir ton ame entre les bien heureux,
Ta place eſt aux enfers & ton cul tout chancreux,
Sentira la chaleur des flammes eternelles,
Qui bruſlent à iamais les ames criminelles,
La hache d'vn boureau ſur des ſanglans autels,
A fait monter mon ame auec les immortels,
Et appaiſé l'excés de la cruelle enuie;
(Mais que dis-ie appaiſés) c'eſtoit peu que ma vie,
Ce n'eſtoit pas aſſez de m'auoir mis à mort,
Il falloit que pluſieurs l'a ſouffriſſent à tort.

Le Cardinal.

Ayez pitié de moy, receüez ma pauure ame?

Monſieur de Mommorancy.

N'eſpere rien icy que reproche & que blaſme;
Si tu eſtois entré tu nous mettrois dehors,
Au moins ſi nous n'eſtions & plus fins & plus forts,

Tu veux auoir par tout vne plaine puiſſance
Ie ne ſçay ſi les Sainǎs ſeroient en aſſeuranc
Tu voudrois auoir le plus Eminent rang,
Et voudrois dans le Ciel, faire nager le ſang,

Luy & Monſieur le Comte de Soiſſons.

Monſieur le Comte de Soiſſons

Eſt-ce toy Cardinal que ton viſage eſt bleſme,
Eſt-ce là ta couleur ;

Le Cardinal.

Oüy Monſieur c'eſt moy meſme ;

Qui n'ayant peu flechir perſonne dans ces lieux,
Quoy que voſtre boureau me preſente à vos yeux,
Vous Monſieur qui auez vne ame genereuſe ;
Ayez quelque pitié de cette mal-heureuſe.

Monſieur le Comte.

M'oſe tu bien prier d'auoir pitié de toy,
Impudent, inhumain, qui as veſcu ſans loy :
Tu faiſois vanité de trahir tout le monde,
Et ta meſchanceté n'euſt iamais de ſeconde,
Pour regner ſeurement pour faire des threſors
Pour te faire valoir tu cauſois mille maux,
Que la France à iamais en verſera des larmes :
Tu as eſmeu l'Europe, a deſroüiller leurs armes
Et reſpandre le ſang de beaucoup de mortels,
Toy qui deuoit ſonger ſeulement aux Autels,
Veux-tu pas que le Ciel te pardonne tes crimes,
Qui ſont ſi bien peuplez de ſanglantes victimes ;
Que tu as fait mourir en cent mille façons,
Les vns par vn poignard, les autres par poizons,
Les vns deſſus la mer, les autres ſur la terre ;
Les vns en pleine paix, les autres en la guerre,
Bref les vns ſont paſſez par les mains des boureaux,

Les autres ont rendu leurs froides ames dans l'eau :
Tout ce que ie dis n'est que trop veritable,
Cardinal tu le sçait & tu en est comptable.

Luy & la Reyne Mere.

La Reyne Mere

Horreur de mes regards, auorton des Enfers,
Qui t'amaine en ce lieu ; que n'est-tu dans les fers :

Le Cardinal.

Ie vous crie mercy si ie vous ay faschée,
Ie suis fort repentant de ma vie passée,

La Royne Mere.

En est-ce la saison indigne Cardinal,
Tu veux faire du bien ne pouuant plus de mal,
Encore ne croy ie pas que tu en vueille faire,
Monstre, Tigre, inhumain, leopard sanguinaire :
T'as vidé des thresors (ambitieux d'honneur,
Remply de vanité sans courage & sans cœur,
Moy qui auois esté cause de ta fortune,
T'ayant fait grand Seigneur, ie t'estois importune.
T'ayant par ma bonté fait puissant à la Cour,
Traistre tu as payé d'vn exil mon amour,
Te faisant des premiers en biens & en puissance,
Ie n'en esperois pas aucune recompence,
Estant dans vn estat que loing d'en receuoir,
I'en presentois à ceux qui faisoient leur debuoir,
Mais ie l'aduoüe aussi, ie n'aurois pas la crainte,
De te faire iamais vne si iuste plainte,
Entre plusieurs Seigneurs de grande qualité,
Dont chacun aspiroit à celle dignité,
De Gouuerner mon fils Maistre d'vn grand Empire,
Pouuant choisir le mieux, ie fus prendre le pire,
Tu as iouy cruel de beaucoup de thresors,
Pendant que sans cesser ie souffrois mille morts,
Pour t'auoir fait heureux tu m'as fait mal-heureuse,
Helas ! que l'amitié est souuent dangereuse,

Ponr des gens comme toy qui donnent des tourmens
A ceux qui ont causé tous leur contentemens.

Le Cardinal.

Madame ie voulois par cette penitence,
Vous faire auoir le Ciel, tres-digne recompence ;
De tant de biens i'adis que i'ay receus de vous,

La Reyne Mere.

Traistre, ingrat, inhumain, objet de mon couroux,
Pense tu me tromper encore par tes paroles,
Il ne faut pas icy desployer tes bricolles,
Nous y sommes plus fins que tu n'y fus iamais,
Et croy que nous sçaurons tout au vray desormais.

Luy auec Monsieur de Thou & Monsieur le Grand.

Monsieur le Grand.

Vien-tu iusques au Ciel exercer ta vengeance,
Et nous croy-tu soubmis encore à ta puissance :
Pense tu nous pouuoir icy persecuter,
Apres nous auoir fait à tort décapiter.
Tu n'est pas satisfait de si cruelles peines,
Ayant fait escouller tout le sang de mes veynes,
Tu nous en cherche encore afin de nous punir :
Tu ne le peut pourtant il faut t'en abstenir,
Si tu en as toy-mesme il faudra le respendre,
Tous les diables en bref te le feront entendre :
Sauue-toy mal-heureux (mais que dis-ie sauuer)
En quel lieu que tu sois ils te pourront trouuer,
Et te feront souffrir la rigoureuse flame
Il n'y à que deux lieux où puisse aller nostre ame,
Dans les Cieux pour sa gloire, entre les immortels,
Dans l'Enfer pour les flames auec les criminels,
Toy qui a consacré des victimes humaines :
Toy qui as fait si souuent iallir des Fontaines,
Des corps de tant de gens que tu-as fait mourir,
Ce seroit estre fol.

Le Cardinal.

Veillez moy secourir,
Vous qui auez iouy vne grande puissance,
Laissés moy retirer sans songer à l'offence,
Que i'ay par vn mal heur commis contre vous,
N'auois-ie pas sujet d'exercer mon couroux :
Ie vous auois aimé presque autant que moy mesme,
Et nonobstant cela par vn stratagesme,
Vous vouliez me priuer de l'amitié du Roy,
Bien-loing de m'assister me faussant vostre foy;

Monsieur de Thou & le Cardinal.

Vous accusez à tort Monsieur d'ingratitude,
Il vouloit vous mener à la beatitude,
Et vouloit subuenir à la calamité,
Que nous faisoit souffrir vostre meschanceté,
Car vous voulant priuer de l'amitié du Prince,
Et vous faire tenir dedans quelque Prouince;
Il croyoit que le Ciel qui tousiours nous attend,
Et qui se plaist de voir nostre cœur repentant,
Déplorer ses pechez & detester son vice,
Vous feroit recognoistre en fin vostre malice :
Et vous feroit choisir le chemin dès vertus,
Il vouloit soulager les peuples abbatus,
Et greuez si long temps du tracas de la Guerre.
Qui par vostre malice est par toute la terre :
Bien ie veux aduoüer qu'il aye eu grand tort,
Vous l'auez aussi fait condamner à la mort,
Inhumain vous n'auez iamais donné de grace :
Et vous en esperez il n'y a point de place
Icy pour les vengeurs & pour ses propres affronts;
Nous voulons nous venger des torts que nous souffrons
Et nous voulons cependant que Dieu nous pardonne,
Allez dans les enfers le Ciel vous abandonne.

Le Cardinal.

Hé Monsieur, donnez-moy quelque petit secours.

Monsieur le Grand.

Il faudra mal-heureux que tu souffre touſiours,
Pour auoir quelque temps eſclatté ſur la terre,
Où tu as allumé le flambeau de la guerre,
Si tu haiſſois tant la paix & le repos,
Mal heureux n'euſt il pas eſté plus à propos,
De combattre les Turcs, & les autres barbares,
Les chaſſer de leur throſnes & rauir leurs theares,
Que par tes faux conſeils faire marcher le Roy;
Contre les Potentats qui ſont de meſme foy :
Tu euſſe mis au Ciel quantité de beaux aſtres :
Tu euſſe fait des ſainɛts, tu as fait des demons.

Le Cardinal.

N'ay ie pas aſſez combattu par armes & par ſermons
Contre les Parpaillots, n'a-t'on pas pris leurs villes,
Par mes ſages aduis.

Monſieur le Grand.

Dieu que tu és habille

Penſe tu nous tromper encore par tes diſcours,
Ie ſçay bien que l'on a combatu quelques iours,
Contre les Parpaillots qu'on a pris la Rochelle,
I'eſtois pour puis apres Conſeiller infidele,
Mieux combattu le reſte, il eſtoit à propos,
Puiſque tu deſirois troubler noſtre repos,
De faire vne action qui fut conſiderable.

Le Cardinal.

Helas! que fera donc mon ame miſerable:
Ie ſuis chaſſé de tout pauure de Richelieu,
Tu ne ſçaurois trouuer au Ciel vn petit lieu :

C

Toy qui poſſedois tant de maiſons ſur terre,
La mort par ſon effort l'a renuerſé par terre,
Si au lieu d'eſleuer tant de beaux baſtiments,
Pour des biens paſſagers cauſe des chaſtiments;
Dont apres le trepas, tu te vois affligee,
Mon ame à la vertu tu te fuſſe engagée,
Tu ne tiendrois pas le chemin des Enfers,
Où on te va charger de chaiſnes & de fers,
Pourſuiuons hardiment i'en ay bien pris la voye,
Suiuant ces faux plaiſirs qui donne courte ioye,

Le Cardinal chaſſé de Paradis

Va-t'en en Enfers & parle premierement à Monſieur,
  l'Eſleu Charon.

Le Cardinal

Charon qui eſt touſiours nauigeant ſur cette eau,
Pour paſſer les eſprits dans ton petit baſteau,
Meyne dans les enfers cette ame mal-heureuſe.

Charon.

Qu'il eſt bien employé de l'auoir langoureuſe,
Ayant touſiours voulu regner chez les mortels,
Au lieu de reuerer les ſainćts & les Autels,

Le Cardinal.

Paſſe-moy ſeulement ce n'eſt pas ton affaire,
De reprendre en ce lieu ce que i'ay voulu faire :
Ie ſcay ce que i'ay fait.

Charon.
                    Ou le dois ſcauoir,

Le Cardinal.

Meyne moy chez Pluton puis que c'eſt ton deuoir?
Ie ſçait ce que i'ay fait ma reſcompenſe eſt preſte.

Charon.

Tu as auiourd'huy fait vne belle coñquefte,
Au lieu de vers lauriers tu recherche des fers,
Au lieu d'aller au Ciel tu defcends aux enfers,

Le Cardinal.

Il eft temps que ie prefche, cela m'eft fort vtile.

Charon.

Ie fcay que c'eft de femer dans vn champ infertile ;
Mais c'eft pour commencer à te perfecuter,
Ayant dedans le monde aymé mieux efcouter
Des difcours amoureux comme des Commedies,
Ou bien prefter l'oreil à quelque perfidie,
Que d'aller en vn mois entendre deux fermons ?
Puis qu'ainfi tu le veux ie te liure aux demons ,
Qui te gouuerneront comme tu le merite,
Nous verrons fi chez eux tu feras l'hypocrite,

Le Cardinal.

Il faudra marcher droit on m'y cognoift trop bien.

Charon.

On t'y cognoift de vray : mais non pas pour ton bien.

Le Cardinal.

Ie fens fondre fous moy la barque paffagere.

Charon.

Pour vn fi grand efprit elle eft peu legere.

Pluton & le Cardinal.

Pluton.

O ! te voila mon fils ? viens-tu pas heriter
Des biens que ie t'ay fait au monde meriter,
Veux-tu pas partager mon Sceptre & ma Couroñne

Tu les merites bien, faut que ie te les donne,
Qu'on luy donne vne chaire aupres de Cornuel :
Ayant eu dans le monde vne amour mutuel,
Ils seront fort contents d'estre logez ensemble :
Le veux-tu Cardinal ; dis-moy ce qui t'en semble.

Le Cardinal.

Ie suis vostre sujet, vous pouuez commander.

Cornuel & le Cardinal.

Cornuel.

Que viens-tu Cardinal icy me demander,
Retire toy cruel, vilan, abominable,
Ie ne te puis souffrir.

Le Cardinal.

N'est-il pas raisonnable,
Qu'ayant eu dans le monde vne ferme amitié,
Nous partagions tous deux le lieu par la moitié,

Cornuel.

Ie suis assé pressé sans m'estressir encore ;
Tu m'as aimé dis-tu, c'est ce que ie deplore,
D'vn amour violent & ferme ce dit-tu,
L'on trouue Cardinal dans la seule vertu,
Vne amitié bien noble vn amour veritable,
Le tien bien loing de m'estre bon et proficable,
M'a reduit à souffrir des tourmens rigoureux ;
Qui pour l'eternité me rendent mal-heureux :
Ie ne suis pas fasché de sçauoir que ton ame,
Est aussi condamnée à souffrir dans la flame ;
Mais i'enrage de me voir tant de maux m'acabler
Et les sentir sans cesse accroistre & redoubler :
Cherche ton Confesseur ce bon porte bezace,
Qui fait à mon aduis vne laide grimace.

Le Cardinal auec le Pere Ioſeph.

Le Cardinal.

Bon-jour Pere Ioſeph.

Le Pere I.

Nous n'en auons iamais,
Mal heureux Cardinal, peux tu bien deſormais
Faire en ſorte que i'aye vne bonne iournée :
Toy ſeul qui a cauſé ma ſeule d'eſtinée,
Et qui me fait auoir vne eternelle nuict,
Qui iamais ne me quitte, & qui touſiours me ſuit ?
Il falloit adiouſter bon iour par excellence ;
Comme ſi deſormais ta chetiue Eminence
Pouuoit nous preſenter quelque choſe de bon,
Sens vn peu la chaleur de ce petit charbon;
Pour voir ſi nous auons quelque minutte heureuſe,
Endurant ſans ceſſer la flame rigoureuſe;
Va paſſe plus auant & cherche vn autre lieu ,
L'on te doit le meilleur.

Le Cardinal.

Ie te dis adieu.

Le Pere I.

Parle icy que dis-tu , cauſe de ma miſere ,
Tu te mocque de moy, va, tu n'en riras guerre,
Si tu en as ſujet , tu me trompe bien fort;
Tous tes biens Cardinal ſont finis par la mort ;
Tu ſentiras bien toſt le tourment qui m'accable;
Tu me viens dire adieu lors que ie ſuis au diable?
Pour t'auoir aſſiſté dans tes meſchancetés ,
Et pour t'auoir loüé dans tes iniquités;

14

I'ay sceu tout tes pechez, i'ay supporté ton vice;
Ce qui fait qu'aux enfers i'admire la Iustice
Du Monarque des Roys qui regne dans les Cieux,
Pour auoir abbaissé ton vol audacieux;
Ne ris point de nos maux, desormais prens y garde.

Le Cardinal & le premier President.

Dieu te gard President :

Le premier President.
                                        Mais le diable te garde.
Ie suis trés-bien gardé ie ne puis eschapper,
Et ny vois pas si fort qu'on ne peust m'attraper :
Car ie suis enchaisné par les pieds & par la teste,
Et par le defaux du corps tout ainsi qu'vne beste.
                        Le Cardinal.
Qui t'a si bien lié:
                Le premier President.
                                        Miserable c'est toy?
                Le Cardinal.
Ie n'y ay pas songé, ie t'ayme trop;
                Le premier President.
                                        Pour moy:
Ton amour a causé les tourmens que i'endure:
Ta damnable amitié m'a mis à la torture;
Pour auoir corrompu suiuant ta volonté:
La Iustice & le droict, mesprisé l'équité;
Oublié les deuoirs d'vn homme de ma sorte,
Enuers le bien public on m'a fermé la porte,
Et exilé du Ciel pour venir aux enfers,
Me voir chargé de coups & ployé soubs les fers;

Hâ ! que si l'on pouuoit ressentant tant depeynes,
Auoir quelque plaisir que le chant des sereynes,
Que la possession de ces riches tresors,
Qui Corrompent l'esprit ayant gasté le corps,
Ne me causeroient pas vne si grande ioye,
Comme i'en receurois de te sçauoir la proye,
Des flames qui tousiours nous font viure en mourant,

Le Cardinal.

President ie m'en vais,

Monsieur le premier President.

Pousse grand Ignorant,

Et va voir i'cy prés l'Intendant des Finances,

Le Cardinal, & Monsieur de Bullion.

Le Cardinal.

Holà petit Bachus:

Monsieur de Bullion.
                    Cause de mes souffrances?

Qui t'amaine en ce lieu ta sotte vanité.

Le Cardinal.

Fais moy place pour vne eternité.

Monsieur de Bullion.

Au diable soit le sot qui voudroit te complaire,
Ie scay ce qu'en vaut l'aulne infame sanguinaire,
Pour t'auoir assisté lors qu'entre les Mortels,
Tu voulois les honneurs qu'on doit aux immortels,

Tu me vois en ce lieu tout accablé de chaisnes,
Tu me vois mal heureux dans les fers & les gesnes,
As tu veu pres d'icy le premier President.

Le Cardinal.

Oüy ie le viens de voir braue sur-intendant.

Monsieur de Bullion.
Que neta-t'il donné la moitié de sa place.

Le Cardinal.

Il n'en auoit pas trop.

Monsieur de Bullion.

Le Pere à la bezace.
C'est homme te deuoit faire la Charité,
Estant participant de ton iniquité.
Le Cardinal.
Ie ne viens pas icy pour aller à Confesse.
Monsieur de Bullion.
Il faudra neantmoins te Confesser sans cesse ,
Les Diables te feront deduire les raisons,
Pourquoy tu detenois tant de monde és prison,
Pourquoy enuoyois-tu tant de monde au supplice,
Bref tu raconteras tous tes traits de malice,
Dont tu as trop vsé pour faire mettre a mort,
Plusieurs grands Seigneurs le plus souuent a tort.
Le Cardinal.
ie suis mal a Cheu il i'en auray bien à dire,
Monsieur le Bullion.
Tant plas tu souffriras de peine & de Martyre.
F I N.